AF297860

LA
PRISE DE TABAC,

POÈME

DÉDIÉ AUX AMATEURS,

PAR FOUCAUD.

Sous le Ciel,
Il n'est tel
Qu'une prise
Bien prise

PARIS,

RUE DES GRÈS-SORBONNE, 13.

—

1838.

Avis à ma Muse.

Muse, je t'ôte le frein,
Marche, vole dans l'espace;
Laisse crier sur ta trace,
Laisse tonner le Parnasse,
Marche, suis toujours ton train.
N'avons-nous pas voulu prendre
Conseil des gens dits sensés?
Puisqu'on nous a délaissés,
Sans chercher à nous comprendre,
Et sans daigner nous tracer
La route qu'il fallait prendre,
Eh bien! sachons nous passer
De tous les avis des autres,
Et ne suivons que les nôtres.
Abandonnons au destin
Le gouvernail et la rame,
Et suivons notre chemin
Tant que durera la trame.
Tout n'est pas mal en ceci;
Un chacun nous abandonne,
Eh bien! nous n'aurons personne,
A qui dire grand merci.
Nous verrons quelqu'un sans doute
Venir japper sur la route,
En cela les ignorans
Paraîtront aux premiers rangs.
Mais pareils glapissemens,
Est bien fou qui les écoute.
Est bien fou qui se morfond
Des foudres de l'Hélicon!

N'en sois donc point ébranlée,
Porte plus haut ta volée
Et souviens-toi qu'aujourd'hui
Chacun peut avoir chez lui
Sa muse particulière,
Qu'il dirige à sa manière,
Comme tu me le vois faire.
Phœbus n'a plus de pouvoir ;
Les pauvres Sœurs du Permesse,
Asthmatiques de vieillesse,
Sont tout-à-fait au mouroir
Et ne se laissent plus voir.
L'incomparable Hippocrène,
Source autrefois souveraine,
Ce n'est plus qu'un réservoir ;
Et la colline sacrée
Est aujourd'hui labourée.
Pégase jadis si vif,
Qu'on disait même rétif,
Qui n'avait jamais par terre
Que les deux pieds de derrière,
Ne s'est-il pas fait poussif ?
Dès lors il n'est plus de mode,
Car il est fort incommode
De maintenir les licous
D'un coursier pris de la toux.

Ainsi tu n'as rien à craindre ;
Laisse les Zoïles geindre,
Les pédans s'apitoyer
Et tous les ânons crier ;
Dédaigne le persifflage
De tous ces oiseaux sans nom,
Qui ne sont dans les salons
Qu'à cause de leur plumage,
Ou parce qu'un fol hasard
Ayant l'esprit autre part,
Les fit naître en belle cage.

Laisse Aristarque gronder,
Sans chercher à l'éluder ;
De son avis au contraire
Tire un parti salutaire;
Aristarque est nécessaire
A qui veut se hasarder
Dans la course littéraire.
S'il vient à trop gourmander,
Sais-tu ce qu'il faudra faire
Pour baisser son diapason
Et le mettre à la raison ?
Offre à son regard sévère
La pipe ou la tabatière ;
Un pareil contre-poison
En obtiendra guérison,
Tout m'en assure le gage :
Tu le verras s'amender,
Puis bientôt se dérider,
Puis te faire bon visage,
Ainsi, ma muse, courage !

SONNET.

Que d'autres, dans leurs chants, exaltent les appas
De quelque nymphe en pleurs, ou de quelque ber-
gère,
Nous vantent la splendeur du siècle de lumière,
La paix universelle ou le bruit des combats.
Chacun a son penchant, a son goût ici-bas,
Se réjouit, s'amuse, et rit à sa manière ;
Moi je veux célébrer la noble tabatière
Et le charme puissant des différens tabacs.
Cependant, j'en préviens, qu'on ne se formalise,
Si par amour des vers, plus tard je me ravise ;
Ma muse, en quelques jours, pourra changer de ton.
J'ai cru ne pouvoir mieux commencer l'entreprise
Qu'en offrant aux amis une modeste prise ;
Je pense, cher lecteur, que le motif est bon.

LA PRISE DE TABAC.

Parmi les délices
Qui sont en crédit
Au monde aujourd'hui,
L'un , sans contredit ,
Par ses bons offices
Envers la santé,
Sa suavité,
Son goût intrinsèque,
Son charme extrinsèque,
Son antiquité,
Sa célébrité,
Sur tous prédomine.
Dame Catherine,
Dite Médicis ,

Dedans sa narine

Le trouvait exquis ;

Et dès ce vieil âge,

Sous différens noms,

Il fut en usage

Dans plusieurs cantons.

L'herbe de la reine

Et du grand prieur,

Était en vigueur,

Était souveraine,

Dissolvait l'humeur

Que quelque fraîcheur

Nous amène au crâne.

Et la *Nicatiane*

Nommée à propos

L'herbe à tous les maux,

Encor peu commune,

Se payait alors

Au poids des trésors,
Et faisait fortune.

On la vit d'abord
Contre les miasmes
Et contre les asthmes
Prise avec transport.
Mais l'enthousiasme
Parut un instant
Être à son couchant.
De nombreux volumes
Que l'on vit sortir
De puissantes plumes
Vinrent l'investir :
Contre elle on vit même
Un des derniers Stuarts,
D'une ardeur extrême
Lancer des brocards.

Le sophi de Perse,

Ombrageux pacha,

Craignant le tabac,

Défend qu'il ne perce

Dans son vaste état.

Par antipathie

Pour la bonne odeur,

Très puissant seigneur

De la Moscovie,

Compose un édit,

(Oui, le pauvre sire

Avait le délire

Le jour qu'il le fit).

Fait, dis-je, un édit,

Par lequel il dit :

« Si quelqu'un s'avise,

« Aux champs du Volga,

« De prendre une prise,

« Un grain de tabac,

« Je le ferai pendre. »

Par ce beau décret,

Il osait prétendre

Trouver le secret

D'empêcher d'en prendre.

Mais qu'en advient-il?

Malgré l'alguazil

Qui partout fourmille,

S'agite, sémille,

Le roi de Moscou,

La Porte-Ottomane,

La grandeur Persane,

Entendent partout,

Vanter le bon goût

De la Nicotiane.

Dès ce siècle-là,

Dans plus d'un climat,

Sa saveur active

Et sternutative

Des lugubres bords

Ramenait les morts.

Et dans sa pratique,

La gent galénique

En faisait l'honneur

De la botanique.

Il n'était docteur,

S'en allant en cure,

Qu'il n'en eût dûment

Préalablement

Garni sa ceinture ;

Et par les effets

De cette substance,

La convalescence

S'ensuivait de près.

La toux, les catarrhes,

Souffrances peu rares

Surtout en hivers,

Et l'odontalgie

Et la névralgie

Et cent maux divers,

Tels que gastralgies,

Et céphalalgies

Et paralysies,

Les obstructions,

Les oppressions,

Qui prennent leurs sources

Souvent au cerveau,

Et sont pour nos bourses

Un rude fléau,

Jusqu'à la pituite,

Jusqu'au coryza,

Tout prenait la fuite

Devant le tabac.

Mais à cette ligne
Une voix maligne
Me dit : « Halte-là !
L'herbe sans pareille
Que vous célébrez ,
Que vous nous vantez
Comme une merveille,
A pourtant un jour
Joué un mauvais tour
A certain génie ,
Fils de l'harmonie ,
Et mis au cercueil
Le pauvre Santeuil !
La belle devise
Notre esprit s'avise
De me raconter !...

Pourriez-vous citer
Une seule chose,
Sous l'azur des cieux,
Dont l'abus ne cause
Quelque effet facheux?
S'il était loisible
De donner accès
Au dicton français,
Je dirais : « l'excès
En tout est nuisible. »
Si nous avons vu
Des gens en ribotte,
Tomber dans la crotte
Après avoir bu,
Qu'en devons-nous croire?
Qu'il ne faut point boire?...
Croira qui voudra ;
Aller pour cela

Se mettre à la diète !
Ma foi, pas si bête !...

. . . .

Qui raisonne bien
Suivra cet adage :
De tout fais usage ,
Mais abus de rien.
Or, il n'est personne
Qui contestera
Que la tournabonne
Jamais n'empoisonne ;
Chacun vous dira
Plutôt qu'elle est bonne.

Comme au temps passé,
Il ferait prodige ,
Si la Faculté ,
Livrée au vertige ,

N'avait accusé
De causticité,
Le noble herbacé ;
Mais cela s'explique,
Aussi nous voyons
La gent galénique
Porter écussons,
Et mettre galons
Sur le domestique.
Mais parlons tout bas,
Ou sachons nous taire,
Car dans bien des cas
Nous avons affaire,
A ces messieurs-là.
D'ailleurs leur éclat
Ne nous coûte guère :
Et puis c'est qu'enfin
Un vrai médecin,

Marche sur la terre
En ligne première ;
Les princes, les rois,
Le pape lui-même ,
Pendant le carême,
Ont souventefois
De son ministère
Eu bien bonne affaire ;
Mais laissons cela.

Vive le tabac !
Il est de la classe
De l'opium, du thé,
Du vin, du café ;
Rien ne le surpasse :
Il est détersif,
Modificatif,
Désopilatif,

Fort hygiénique,

Antiscorbutique

Et diurétique,

Même révulsif

Dans l'apoplexie

Et dans l'asphyxie ;

Mais dans ces deux cas

Je dois en instruire,

Que ce ne soit pas

Le nez qui l'aspire !...

Ni le sucre blanc,

Unique aliment

Des belles, des laides,

Potage constant

Des gens à remèdes,

Ni les macarons,

Ni les confitures

De toutes natures.

Ni les champignons,
Ni les sucreries
Des patisseries,
Ni jus, ni ragoût
N'approche du goût
Exquis, délectable,
Divin, ineffable
De cette herbe-là.
Et pour l'odorat
Qui l'égalera?
Est-ce la pommade,
La noix de muscade,
L'œillet, le jasmin,
Le camphre, le thym,
L'iris ou la rose
Fraîchement éclose?
Tous ces odora s
Ont leurs agrémens,

Mais quoi ! c'est du rance
Auprès de l'essence,
Auprès du parfum
De notre petun.

C'est un spécifique
Anticholérique ;
Combien n'a-t-il pas
Paré de trépas,
Quand l'épidémie,
Rouge de furie,
Allait en tous rangs
Moissonner les gens ?
Mais pour assurance
De son excellence,
Je vais de rechef
M'en charger le chef.

. . . .

Quelle odeur amie !...
Ciel ! quelle ambroisie !
J'en suis transporté ;
C'est un vrai lethé ,
Pour l'espèce humaine :
Il charme la peine ,
Calme les soucis ,
Dompte les ennuis ,
Rend l'âme morose
Agile et dispose ,
Et par sa vertu ,
Du poète abattu
Réchauffe la veine ,
L'anime, l'entraîne
D'un sublime essor ;
Ou bien vient encor
Redresser son tort,
Oter la berlue

De dessus sa vue ,
Donner à l'obscur
Un aspect plus pur.

Si parfois l'artiste
S'affecte, s'attriste,
Sur quelque morceau,
S'armant le cerveau
D'une forte dose,
Bientôt il compose
De dièze en bémol,
Comme un rossignol
Que le frais dispose.
Et combien de fois,
Au haut de sa chaire,
Monsieur le vicaire
Demeurant sans voix,
Ne met-il les doigts

Dans la tabatière ?

Mais jamais en vain,

Lors de sa détresse,

Au meuble divin

L'homme ne s'adresse ;

Et par son secours

Subit, efficace,

Retrouvant la trace

De son long discours,

Le front tout en nage,

Le prédicateur

Hausse son courage,

Reprend sa vigueur ;

Tout à son langage

Devient attentif ;

Un geste expressif

A sa voix s'accorde,

Et notre orateur

Arrive à l'exorde
Tout bouillant d'ardeur.
Et quel est l'auteur
De ce phénomène?
L'herbe de la reine,
Par sa vive odeur.

Dans mes jours classiques,
En mathématiques,
Que je fus de fois
Réduit aux abois
Sur certain problème,
Où le maître même,
Quoiqu'homme instructif,
Restait tout pensif!
Bientôt rompant trève,
Le maître et l'élève
Portant d'un doigt vif

Au nerf olfactif,
Un peu de l'essence
Dont la jouissance
Emeut les esprits,
Découvraient, surpris,
L'énigme illucide.
Oui sans ce subside
Si délicieux,
Nous serions tous deux,
Oui, tous deux peut-être,
Après long effort,
Sans y rien connaître
A chercher encor.

Quand par sa lunette,
Après la comète
L'astronome court
Du haut de sa tour;

Que de ces contrées,
Si bien éclairées
Ses yeux ébahis,
Tombent éblouis,
Ce bien salutaire
Porte à son cerveau,
Un ressort nouveau,
Et lui rend la sphère
Des corps lumineux
Moins pénible aux yeux.

On dit même encore,
Mais où?... je l'ignore,
Que ce fut après
Nombre de bons traits,
De l'odeur chérie
Qu'un docte génie,
La fleur des savans

Vit des habitans

De figure brune

Marcher sur Saturne,

Et des gens zébrés,

Aux cheveux dorés,

Cultiver la lune.

Dès lors il appert

Qu'elle est souveraine,

Et fait voir bien clair

L'herbe de la reine.

Si Jupin jadis,

En son paradis,

Eût eu connaissance

De la jouissance

Que ce végétal,

Cette herbe magique,

Soudain communique

A l'esprit vital,

De Vulcain son frère

Il eût exigé

Une tabatière

D'une autre matière

Que celle que j'ai !

Et l'on sait d'avance

Que la contenance

De ce meuble exquis

Aurait bien requis

Sans être trop pleine

Une quarantaine

De livres, au moins.

Pour fuir en tous points

La forme commune

Il aurait fallu

Que le disque en fût

Plus grand que la lune.

Et puis d'un côté

L'on eût incrusté
Parmi maint emblême,
Le chiffre suprême
En un écusson :
De l'autre, Junon
Peinte en miniature
Eût fait l'ornement
De la couverture.
Bien certainement
La grande Déesse
Qu'adorait la Grèce
N'aurait jamais eu
Cette humeur altière,
Ni ce caractère
Fantasque et bourru,
Si l'on eût connu
Comme de notre ère
La grande vertu

De la tabatière.

Sortant du conseil

En grand appareil

Pour faire une pause,

Ou quelque autre chose,

On eût vu Vulcain

Revenir de loin

Avec une pipe

Sur sa large lippe.

Et, l'on conviendra

Que si dans l'Ethna

L'on eût du tabac

Su les avantages,

Les exécuteurs

Des divins ouvrages,

Tous ces travailleurs,

Tous ces bons Cyclopes.

Qui battaient le fer,
Auraient moins souffert
Dedans leurs échoppes ;
Ils n'auraient connu
Rhume, ni scorbut,
On n'en eût point vu
Devenir myopes.
Mais à vrai parler,
Selon mon usage,
Le destin fut sage
De ne dévoiler
Dès ce temps antique
La poudre qui pique,
Aromate unique
En ses agrémens ;
Car parmi les grands
Du séjour céleste,
Un concours funeste

Eût pu survenir :

Que d'orgueils, d'intrigues,

De haines, de brigues,

Ont eût vu surgir !

On n'eût pu s'entendre.

Le Dieu du Tabac!!!

Qui n'eût voulu prendre

Ce beau titre-là?...

C'était difficile;

Le destin vit mieux

De cacher aux yeux

Cette plante utile,

Et de réserver

Pour une autre race

L'art de cultiver

Ce simple efficace.

Car si l'on eût pris

Tant soit peu la peine

De tout mettre à prix,

C'eût été Silène,

Qui, sans nul débat,

Sans qu'aucun osât

Résister en face,

Eût acquis la place

De Dieu du tabac;

Et pour son grand âge,

Et pour l'avantage

D'avoir en tout lieu

Escorté le dieu

De l'Inde et du Gange,

Et de la vendange.

Il n'est rien de tel

Pour l'espèce humaine,

Sous le vaste ciel,

Que l'herbe à la reine.

Avant le labeur,
Le fils et le père
Cherchent de l'ardeur
Dans la tabatière ;
Y plongent les doigts,
Respirent trois fois,
Puis avec courage
Commencent l'ouvrage
Par quelque refrain :
Et le citadin,
Toujours plus bizarre,
Cherche en le cigarre
Ce goût bienfaisant,
Sain, vivifiant,
Le pompe, le suce,
Et puis le ressuce
En mille façons.
Dans certains cantons,

La mère, la fille,
Toute la famille,
Mettent le tabac
Avant le cognac,
Avant l'usquébac.
Chez les rois, les princes,
Comme en les provinces,
Dans les tribunaux,
Dans tous les bureaux,
Pourrait-on rien faire
Sans la tabatière !

Sur tous les plassis
Voyez les amis :
Toujours la séance
Finit et commence
Par le doux parfum
Du divin petun.

S'il me fallait dire
Combien son empire
Du nord au midi
S'étend aujourd'hui,
Il faudrait cent pages,
Y compris les marges;
Et ses avantages,
Trop peu reconnus,
A peine rendus
Dans la métaphore,
Perdraient bien encore.
Mais pour constater,
Et son influence
Et son excellence
Il faut y goûter,
Et bientôt, je gage,
Que ville et village

Verront adopter
Partout son usage ;
Que chaque hameau
Aura son bureau
Avec une enseigne.

Que quelqu'un s'en plaigne,
On lui répondra :
« La modeste prise
« Est partout admise ;
« Grogne qui voudra ! »

Le fumeur dira :
« Laissez-moi de grâce
« Cet agrément-là,
« Assez de ma race
« Fument sans tabac. »